KiWi 483

Über das Buch:
Nach »Uferlos«, seinem autobiographischen Roman, und »Sage nein!«, den politischen Liedern, tritt uns mit »Schmerzvoll lebendig« der lyrische Autor Konstantin Wecker entgegen. Zart, nachdenklich, zornig und ironisch sind seine Gedichte, die hier erstmals – veröffentlichte und unveröffentlichte – in einem Band versammelt sind: Der Sechzehnjährige schreibt ein zu Herzen gehendes Naturgedicht, der angehende Liedermacher schlägt scharfe Töne an: *Schreiben ist Schreien – kein Flüstern mehr, Freunde, wer flüstert ist schuldig bekennt*, und als er sich in einer schweren Lebenskrise befindet, schreibt er *Stürmische Zeiten, mein Schatz, Hochzeit der Falken, und um die Insel unserer Liebe giftet ein Sturm.*

»Als wäre ein neuer Klabund von Himmel gefallen ... Wecker ist ein Anarchist, das heißt ein Liebender, ein verzweifelt Liebender, der Recht und Ordnung in den Himmel katapultiert, um auf Erden vielfältig und einfältig den Dschungel der Widersprüche geduldig und freundlich (im Brechtschen Sinne) zu durchdringen«, schreibt Hans Dieter Hüsch über seinen Freund Konstantin Wecker.

Der Autor:
Konstantin Wecker, 1947 in München geboren, Liedermacher, Komponist, Schauspieler, Schriftsteller, Lyriker. Studium an der Musikhochschule und an der Universität München. Seit 1972 zahlreiche LPs, Filmmusiken, Konzerte. 1977 Deutscher Kleinkunstpreis, 1978 Deutscher Schallplattenpreis, 1985 Südwestfunk-Liederpreis, 1995 Kurt-Tucholsky-Preis.

Veröffentlichungen:
»Uferlos«, 1992. »Sage nein!«, KiWi 299, 1993. »Und die Seele nach außen kehren«, KiWi 327, 1993.

konstantin
wecker

schmerzvoll lebendig

die Gedichte
1963 – 1997

Kiepenheuer & Witsch

2. Auflage 1998

Umschlaggestaltung: Rudolf Linn, Köln
Gesetzt aus der Garamont Amsterdam (Berthold)
bei Kalle Giese Grafik, Overath
Druck und Bindearbeiten: Clausen & Bosse, Leck
ISBN 3-462-02689-5

Inhalt

Vorwort – auch als Gebrauchsanweisung zu lesen

Zwischenberichte

alles Geschriebene ist höchstens ein
Zwischenbericht
nichts Endgültiges
nichts Niegesagtes
nichts, was bleibt
Flüchtigkeitsformeln
Besitzansprüche ungeklärt
manchmal Zeichen setzend
verwischte Wegweiser
Begleiterscheinungen
Hinweis auf Größeres
schwer auszusprechen
Bruchstücke einer großen Konfession
abwartendzwischendrin

Oft werde ich gefragt, wie man sich denn Gedichten nähern solle, und ich habe dann das Gefühl, die meisten Leser wehren sich dagegen, von Poesie verzaubert zu werden. Man geht mit einem, sicherlich oft gesunden, intellektuellen Mißtrauen an Lyrik heran, versucht schon beim ersten Lesen, Metaphern mit dem Verstand zu zerpflücken, und steht am Ende enttäuscht vor einem Trümmerhaufen aus unzusammenhängenden Worten.
Wieviel ergiebiger ist es doch, Gedichte vorgelesen zu bekommen. Man kann sich dem Rhythmus hingeben, mit den Wortmelodien davonfliegen und dabei jene Gefilde berühren, in denen sich der Autor beim Schreiben befunden hat.
Das wäre wohl das geeignete Vorwort für eine CD, aber für einen Gedichtband? Nicht unbedingt, denn das Nachlesen bleibt nach wie vor unersetzbar, aber versuchen Sie doch bitte

einmal, sich beim ersten Lesen die Gedichte selbst vorzusprechen, wenn möglich laut, und lassen Sie Ihren kritischen Verstand erst anschließend die Zeilen zerlegen.
Meine Gedichte sind Versuche, manchmal Fingerübungen, in der Hoffnung, sich dem einzigen, wirklich eigenen Gedicht anzunähern, das zu schreiben mir bestimmt ist.
Es liegt mir nicht so sehr daran, verstanden zu werden, denn all diese intimen inneren Wahrnehmungen können bestenfalls dem eigenen Erlebnisbereich des Lesers angeglichen werden. Wichtiger wäre es mir, man würde sich bemühen, meine Texte nachzuempfinden.
In der Lyrik versucht man meist Erfahrungen auszudrücken, die mit Sprache kaum noch auszudrücken sind, Erfahrungen mit dem Geistigen, mit den verborgenen Kammern der Seele, mit der »philosophia perennis« – und die Sprache wartet da mit allen möglichen Fallen auf, wie Aldous Huxley in seinem Essay *Wer sind wir?* schreibt, in die wir prompt tappen, weil wir sie ernst nehmen.
»Hier bedürfen wir ständiger Ermahnungen. Paulus zum Beispiel bietet sie uns allenthalben. Er spricht vom *neuen Wesen des Geistes* und vom *alten Wesen des Buchstaben*. Er sagt, der Buchstabe tötet und der Geist macht lebendig, und das ist buchstäblich wahr. Wenn wir zu sehr auf den Buchstaben schauen, berauben wir uns bestimmter Formen der direkten Erfahrung, die Paulus anhand des Wortes *Geist* beschreibt. Wir müssen uns also der Sprache, die wir gebrauchen, zutiefst bewußt sein, damit wir das Wort nicht für die Sache selbst nehmen; wir müssen jederzeit in aller Klarheit wissen, daß der Finger, der auf den Mond deutet, nicht der Mond ist. Gemeinhin glauben wir, der zeigende Finger – das Wort – sei das Ding, auf das wir zeigen. In Wirklichkeit sind Wörter einfach für uns Dinge.«

Die Poesie ist kein Zuckerguß, mit dem mehr oder weniger banale Begebenheiten verziert werden. Sie weist mit ihren Metaphern viel mehr auf Ungewohntes, noch nicht benannte Wirklichkeiten.

Meine Texte jedenfalls sind, bis auf wenige Ausnahmen, diesem wunderbaren, dem Denken entwachsenen Dämmerzustand entsprungen, in dem Töne und Sprachbilder einen überfluten, wie einem anderen Daseinskreis entsprungen, Sätze, die aus dem Innersten der Seele steigen, als gehörten sie einem gar nicht selbst, und geben doch die einzig wahrhaftige Auskunft über das eigene Selbst. (Und wehe, dieses Geschenk der intuitiven Schau ist plötzlich nicht mehr da. Wie quält man sich, Sätze zu *erdenken* und Melodien, Klänge, die sich einem doch immer nur nach ihrem eigenen Gutdünken aus der Matrix der Stille offenbaren wollen!)

Als mir beim Blättern in alten Tagebüchern, die ich als Sechzehnjähriger verfaßt habe, einige meiner frühesten Gedichte in die Hände fielen, entschied ich mich, sie mit in diesen Sammelband aufzunehmen, nicht weil ich so von ihrer Qualität überzeugt bin, sondern weil ich glaube, diese frühesten Ergüsse könnten für den interessierten Leser aufschlußreich sein. Nichts ist vollkommen, außer vielleicht der Idee, der man sich als Dichter verschrieben hat und die man sich, da sie nicht in Worte zu fassen ist, Gedicht für Gedicht zu erschließen versucht.

Ich danke Reinhold Neven Du Mont, dem Verlag und vor allem meiner Lektorin Erika Stegmann von Herzen, daß sie das wagemutige Unterfangen auf sich genommen haben, in der heutigen Zeit einen Lyrikband zu veröffentlichen, und daß sie mich in den letzten Jahren ermutigt haben, weiter an meinen Träumen zu spinnen.

Dezember '97 K. W.

Ich komme von da wo die Blumen blühen
Und ich gehe dahin wo die Tannen stehen,
Und ich komme und gehe in einem fort
Und ich singe von einem zum andern Ort.
So sing ich gleich Vögeln die immer trillieren
Mit ihrem Gesange die Heimat zieren.

Heimat Natur ist – und Natur ist die Welt.
Das ist es was mir am Wandern gefällt.
Ich bleib in der Heimat wenn durchzieh ich die Welt
So aber mich nie ein Heimweh befällt.
Mich grüßen die Hirsche die Füchse und die Reh,
Mich grüßt die Sonne, der Wind und der Schnee
Und die Blumen sind meine Begleiter.
Und geh ich auch ewig so weiter –
Sie sind es die bei mir bleiben
Die mir die Schönheit zeigen.

Und so komm ich von da wo die Blumen blühn
Und gehe dahin wo die Tannen stehen.
Und ich komme und gehe in einem fort –
Singend von einem zum andern Ort.

Komm mit zu den Kieseln, Kind
1963 - 1969

Komm mit zu den Kieseln, Kind
wir wollen sie ins Wasser werfen
wir wollen sie rollen lassen
die bunten Kiesel,
Kind.
Ich will mit dir spielen
im Sand
ich will deine Augen haben
ich will dein Finger sein
ich bin der Kiesel
rund
bunt an den Ufern, Kind
da wollen wir spielen
und:
Komm mit zu den Kieseln,
Kind.

Es stürzen die Windgesichter
halt fest:
die Zäune sind umgefallen
entzähmt
die kaum riechbare Haut der
Mädchen
die untastbare Welt ihrer
Wortwahl
wieder prankt der Galgen
und der Stimmbruch
einer Generation
lastet im Fleisch mir

Und das Wasser
hat einen Mann,
der treibt es.

Klein sitzt er
am Grund. Macht
Welle um Welle.

Käfer laufen
Käfer surren
Käfer zirpen
Käfer schwirren

Käfer auf Erde
Käfer auf Tau
Käfer braungold
Käfer grünblau

Käfer schwebt
in singender Luft
Käfer krabbelt
in Blütenduft

Käfer in Rinde
vom Himmelbaum
Käfer träumt
Wurm-Traum

Käfer möchte
auf hohe Wipfel
Käfer kann nicht
kommt nie auf den Gipfel

Käfer mordet
Engerlingkind
Käfer frißt
Kind geschwind

Käfer schießt
Engerling tot
Erde wird
blutrot

Käfer bist du
Engerling er
Krieg haut zu –
Mensch ist nicht mehr

Aus den Sümpfen
    sie blickte den Mohn
pflückte einer
    und die Farnmähne
viel Ungebornes
    der Moorbrüder
und die Mantelnacht
    entdeckte sie
wer weiß

… WENN EIN BAUM hier wäre
oder ein Blatt
oder nur der Geruch eines Baums
oder die Farbe eines Blatts
wenn der Tau hier wäre
der das Blatt nicht freigibt
oder eine Nase voll Rinde
oder ein Tropfen Grün
wenn ein Baum hier wäre
oder ein Blatt …

Der Wind
malt eine Fahne ins Wasser
so tief
träumen die Freunde
und einen silbernen Pinsel
hingegossen ans Ufer

Schau
der deine Hand hält
ist dein Traumgefährte
webt Bilder und Wunderflüche
und sein Atem ist der
schweigsame Regen der Nacht

Kaum dass ich mir bewußt war,
dein Haar zu halten
und das Licht auf deiner Haut zu fangen
und das Pflaster leuchtete wieder
schön
wie die Mauer Schatten gab
und das Haus im Tierkreiszeichen stand
abbrüchig
aber mit tausend Kellern.

Kaum daß ich mir bewußt war,
daß du im Licht standst
und in der Stunde
kaum daß ich mir bewußt war –
begann ich schon
unsern leis atmenden Fluchtversuch zu bemerken.

Bist ein seltner Fisch
wieder
hat sich mein Netz
in dir
verfangen

Musst
von den Pflastern
die Ritzen
meiden
Seevogel
sollst
meine Erde nicht
umpflügen

Bin ein Kieselschiff
darfst mich
ich
nennen

Bohr ein Loch in den Sand
sprich ein Wort hinein
sei leise
vielleicht
wächst dein kleines Vertrauen
irgendwann
groß in die Sonne

Ohne zu wissen
fiel ein sehr kleiner Mond
in deine biegsame Hand
wir warens:
unsere Wundergestalten
zauderten nicht

Du aber geh in den Wind
denke an zarte Begebenheiten
deinen Vermutungen gib dich
und abends
wenn du Hoffnung löffelst
laß dich fortweben
mit dem Wort an der Leine

Die in Bahnhöfen das Glück suchen
sind wartesaalblau
singen Schienensang
die in Bahnhöfen das Glück suchen
träumen Zeitungstraum.

Und wenn sie aufstehen
von den harten Begebenheiten
die in Bahnhöfen das Glück suchen
gehen sie alle unter die Räder.
Noch im Liegen denken sie an Bettzeug
und erlaubten Schlaf.

Zellen

die Quadrate erwachsen
sehr
drüberhingleiten:
ich fehle nicht

unter den Händen
die Hornsohle
festgeschnallt ans Haar
zählen:
ein Tausendstel zu früh

ein Tausendstel zu spät
schon:
ich würde entarten

so
zieht sichs dahin.

Nach abgestandnem Männerfleisch
schmeckt diese Luft
nachts im Asyl
der Obdachlosen.

Und Bett an Bett
und Welt an Welt
ein gleicher Atemzug,
der sich in allen wiederholt.

Einstimmig
ist der Gesang
nachts
im Asyl der Obdachlosen.

Wieder dort sein
still liegen
den Regen riechen
rasseln lassen
pitschnaß sein
ganz still liegen
die Hand
weiß
in den Sand wühlen

Bis jetzt alles ganz gut gelaufen,
die Befunde meistens positiv.
Eben immer grade noch drumherum gekommen.
Irgendwann wird sich das ändern.
Die Rosen werden weiterhin den Damen
an die Bluse geheftet,
und der Sommer wird wie immer den Schwalben zusehen.
Nur dieser Wecker
wird nicht mehr mit der Zunge schnalzen
und sehr ratlos sein.

Schreiben ist Schreien
1970 – 1979

Schreiben ist Schreien –
kein Flüstern mehr, Freunde.
Wer flüstert ist schuldig
bekennt.
Dezentes Parlando war immer schon
Feigheit
auch das Schmecken von Weinen:
Vorzüglich, mein Herr
Vin du Rhone 49
ein Jeton ist gefallen
etc. etc.
dieser schleimige stimmlose Firlefanz
Höflichkeit und das:
Verzeihen Sie bitte vielmals
alles Schuldbekenntnisse
sogar noch zu lasch für eine
ordentlich befreiende Paranoia.
Schweigen ist immer Ducken und Treten
be cool, man, und deutsche Innerlichkeit
alles derselbe Sud
Schreiben muß Schreien sein:
Kampf und Neurose und Sturm.

Heut hab ich geträumt, am 15.10.
beginnt der Krieg. Der Himmel ist rot.
Aus den Flüssen steigen mannsgroße Frösche
und die Ratten programmieren den Tod.

Die Bürger pressen die Aktentaschen
pflichtbewußt an die Köpfe. Die Nacht
der Pilz und das kreischende Licht
haben mich um meinen Schlaf gebracht.

Aufstehen. Müde. Etwas verbraucht –
war das nun Prophetie?
Ein Blick aus dem Fenster: Alles wie sonst.
Passieren kann so was ja nie.

Anfang.
Du hast lange geschwiegen
dann
der Schrei
(jener weltberühmte
oft zitierte Schrei)
die Bäume
die Gesichter
du wirst ein guter Junge genannt werden
du wirst ein fleißiges Mädchen genannt werden
der Pfarrer
die Tanten
mit ihren triefenden Stirnen
mit ihrem Gespür für das was immer war
und wem er jedenfalls sehr ähnlich sieht
du spürst ihren Sahnetortenatem
du lernst
dich vor den Menschen zu ekeln.

Anfang.
Da ist ein großer Himmel
da sind Hund und Katze
Vogel und Auto
Kühlschrank und Vater
und Regen
ein manchmal harter
ein manchmal schmiegsamer Regen
da sind

die Ahnen
die Gebote
die Verbote
die Zeigefinger
du wirst ein widerspenstiger Junge genannt werden
du wirst ein unmoralisches Mädchen genannt werden
die Moralisten werden dich Hurenbock heißen
die Nymphomaninnen werden dich Hure nennen
du versuchst
Wälder schön zu finden
Zärtlichkeit vor den Verstand zu stellen
ahnst
der Geruch von frischer Erde ist wichtig
dann wird es dir verschlossen
dich zu öffnen.

Anfang.
So viele fremde Freunde
mit ihren schönen Nasen
mit ihren weichen Mündern
sie brauchen dich
sie sprechen zu dir
mit ihren spitzen Nasen
mit ihren klobigen Mündern
tuscheln und zischen
jetzt eine Höhle bauen
sich schwarz färben
Pfeil und Bogen und Asche im Gesicht
und dann los:
den Vätern in den Hintern treten
Gedichte schreiben
Reden halten

tun
du wirst ein zerstörerischer Mann genannt werden
du wirst eine ungetreue Frau genannt werden.

Anfang.
Noch weißt du nichts
von den kleinen klebrigen Hotels
von den Wohnküchen
von denen
die ihr Leben aus dem Rinnstein saufen
von den verderblichen Lichtern
über den Eismeeren
von den süßlichen Gerüchen in den Lazaretten
weißt noch nichts
von den Gebeten in den Gefängnissen
von den Briefen der Töchter an ihre
verschollenen Väter
von all diesen Nächten und Tagen
von alledem
weißt du noch nichts.

GEBOREN IN ZWAR knappen Zeiten
aber keine Komplikationen im
Mutterleib.
Kein Kaiserschnitt
nichts was den Ausgang versperrt hätte
nichts Aufregendes diese Geburt:
Farblose Laken und eine Hebamme mit
Raucherbein.
Wär gerne am Amazonas zwischen zwei Regenzeiten
in die Welt geglitten
oder in einer Waschküche
heimlich als
Makel einer zwölfjährigen Mutter
oder in einem Luftschutzkeller
unter den Trompetensalven der Bomben –
hätte gern mehr Action gehabt bei meiner Geburt.
Versuche dies nachzuholen:
Gedichte schreiben
endlose Triller am Klavier
zu häufiges Lächeln wenn Mädchen den Raum betreten
anstatt
sich einfach unter die warm und weich tropfende Sonne zu
legen
und die Menschwerdung endlich einmal zu
vergessen.

Hymne an den Frühling

Du. Es atmet sich leichter.
Der Geschmack von Kastanien pirscht sich an.
Die Mädchen huschen wieder.

Du. Selbst die Gebrauchtwagenverkäufer
glauben ganz kurz nicht mehr an ihren Beruf.
Jetzt heißts
Zeitungen suchen zum Zudecken.

Endlich:
Hochkonjunktur der Sportwagenfahrermützenhersteller.
Die Intellektuellen
bereiten sich auf die Biergärten vor.

Du. Man kann dich beißen.
Ein paar tragen dich unterm Busen, Frühling.
(Wie dumm)

Sonst alles beim alten.
Die Schlagerproduzenten tunen ihr Hüsteln.
In den Karateschulen wird weicher getreten.
Zu Hause wartet die Unruhe.

Für Rainer Maria

Als der Schwan sehr majestätisch
grenzenlos und so ästhetisch
durch noch Ungetanes schritt,
nahm ich dich zum Ufer mit.

Und dann schlang ich meine Hände
sehnsuchtsvoll um deine Lende
während ich vom Mondlicht sprach
gab dein Körper stückweis nach.

Du entflammtest, ich entbrannte
und das Tier das Unbekannte
war sehr weiß und adlig rein
und schien tugendsam zu sein.

Und der Abend neigte sich
unser Glück verzweigte sich
ich fing an dir zu nesteln an
dem Tier erschien das wundersam.

Und grade als ich an der Schwelle
meines Glücks die Weichen stelle
fing voll Scham der dumme Schwan
grauenvoll zu singen an.

Du entrücktest, ich erzürnte
und der Schwanensänger türmte
und entschwebte ohne Schwere
schweigend ins Imaginäre.

Noch ne Erinnerung an Marie A.
(für B. B.)

Wir trafen uns in einem Regenbogen
der Regen war schon lange fortgezogen
nur noch des Bogens Bogen spannte sich
uns übers Haupt und glänzte fürchterlich.

Du warst im Blau und ich im Rot gesessen
wir haben fast die Welt um uns vergessen
da drücktest du dir einen Pickel aus
der war sehr weiß und sah sehr picklig aus.

Ich will dagegen allgemein nichts sagen
denn jeder kann mal einen Pickel haben.
Jedoch zur Zeit der höchsten Weltentrückung
verschafft derselbe kaum Verzückung.

Du pickeltest, nun gut, ich sah zu Boden
der Regenbogen hat sich schon verzogen
kaum war noch Blau, kaum war noch Rot zu sehn:
Nur noch der Pickel war sehr weiß und blieb bestehn!

Für Gottfried Benn

Schweigender nie. Soviel durchforstet im Hirn.
Kämpfe und Frost. Und eine blutende Stirn.
Dieses verrottete Ich macht sich zum Absprung bereit.
Die Zunge nach innen gerollt und von leeren Parolen befreit.

Schweigender nie. Schon viel zu viel Fremdes durchlebt.
Das lähmende »Wie« endlich ad acta gelegt.
Dann Aufsturz ins All. Die Zeit ohne Vorzeichen sehn.
Schweigender nie. Darüber und überstehen.

Ich werde dich zum Abendessen essen.
Du wirst vielleicht erstaunt sein, aber ich
will dich auf keinen Fall mit falschem Maß bemessen.
So sagt man doch: Vor lauter Liebe freß ich dich.

Ich will mein ganzes bürgerliches Denken
in diesem kannibalen Akt vereinen.
Du sollst dich mir noch einmal restlos schenken,
dann bist du frei. Ich werd dich nicht beweinen.

Wer liebt, besitzt, das darf man nicht vergessen
und wer besitzt, hat nun mal mehr vom Leben.
Drum werd ich dich zum Abendessen essen,
dann muß ich dich dir niemals wiedergeben.

Das Wort muss eine Faust sein
kein Zeigefinger:
Zuschlagen.
Treffen.

Oft in Diskotheken oder in Kaufhäusern
sehne ich mich nach der Geborgenheit eines
Wolfsrudels.
Selbst Krokodile wären sich näher
würden sie lächeln.
Und wir?
Puffs, Parteien und Präludien.
Sonst nichts geschafft.
Nur manchmal
so zwischen drei und vier Uhr früh
an der Pißrinne einer eher ländlichen Kneipe
wenn der Gemeinsinn groß ist
und selbst die Prostatiker sich zu einem Lächeln hinreißen
lassen
dann
ja dann kommts schon mal vor
daß einem ein selig hingehauchtes:
»Das Leben ist doch herrlich, oder?«
entwischt.
Das wärs nun auch wieder.

Die Huren werden müde. Das ganze Revier
gleicht einem verlorenen U-Bahn-Billett.
Die Freier resignieren. Ein letztes Bier
verwässert den Traum von Liebe und Bett.

Selbst Lola, die mundlose, greise Lust,
wirft ihre Einwegbrüste zum Müll.
Wollüstig paart sich der Geier »Frust«
mit den Göttern der Straße: Koma und Tüll.

Die Huren werden müde. Ich halts mit den Huren.
Nur noch Hunde und Bullen. Der kindische Mond
steht flennend im Abseits. Die letzten Auguren
diskutieren lateinisch, ob ihr Lächeln noch lohnt.

Was solls! In der Kneipe treff ich sie alle.
Ein letzter Versuch, am Weltrad zu drehn,
dann nur noch Zerfall. Ich: dieser pralle
geblähte Gehirnsack: zu satt zum Bestehn.

Vorbei. Die Schenkel werden geschlossen.
Die Chancen vertan. Kein Bettzeug, kein Duft.
Ein bißchen Sperma wie Blut vergossen.
Dann nur noch Sterben. Pragmatisch. Verpufft.

Zwölfzeiler eines herben und erfolgreichen Künstlers auf dem Männlichkeitstrip

Er peitscht mit seinen Schritten den Asphalt,
der ist verwundet, fast betäubt und windet sich.
Sein Atem ist aus Eisen, blank und kalt.
Er geht zum Spiegel und bezeichnet sich als fürchterlich.

Und dann befällt ihn auch ein Gruseln vor sich selbst:
Wie herrlich herrisch seine Zähne blinken.
Er richtet seine Schultern und ist Held
und macht sich auf, die rechte Faust zu zinken.

Dann sticht er in die Kneipe, und sein Atem
befällt wie Eis den Raum. Man wartet ab.
Er ist bereit und lächelt sanft in Raten
und schreitet in die Männerherrlichkeit hinab.

ICH WILL NOCH EINE GANZE MENGE LEBEN

Ab und zu morgens in italienischen Kneipen hocken
Wirklichkeiten an sich vorbeiziehen lassen
und den Mädchen auf den Po blicken:
Wie unwirklich ist das alles.

Draußen nur Himmel und Land.
Der Pizzabäcker schlägt ein Rad.
Jetzt kurz den Atem anhalten. Schmecken. Riechen.
Und: ich will noch eine ganze Menge leben.

Draußen stehen Pinien. (Sie könnten lächeln.)
Zwischen zwei Espressos schminkt sich der Mittag.
Er steht nackt in seiner Garderobe und scherzt.
Jetzt aufstehen. Die Arme ausbreiten.

Dann tritt sie aus den Wäldern. Zuversichtlich.
Und eine Flasche Rotwein im Arm.
Die Hügel ebnen sich. Wir erreichen eine große Stadt.
Der Abend wird eingetrunken.

Sie erzählt von ihrem Land. Wir singen.
Die Kellner heben die Fäuste.
Avanti popolo und un altro bicchiere di vino rosso.
Wir sind zuversichtlich.

Venedig

Als ob an ihren angefressnen Pfählen
die Stadt mit letzter Kraft sich stützen wollte
so taumeln die Paläste mit den Säulen
aus feuchtem Marmor steil zum Meer. Als rollte

ein großer Donner aus dem Grund der Erde,
der diese müde Stadt zum Sinken bringt.
Als stiegen aus den Flüssen dunkle Pferde,
die alles niedertrampeln: und Venedig sinkt.

Und mit ihm sinken alle Illusionen
der großen Herrschaft einer kleinen Welt:
Galeeren, Filmfestspiele und Inquisitionen.
Das Spiel ist aus. Der Wasservorhang fällt.

Du träumst vielleicht und fährst in schwarzen Booten
noch einmal die vertanen Welten ab
und du befreundest dich mit all den Toten,
die diese Stadt ins Meer gespien hat

die steigen noch ein letztes Mal ins Leben
und feiern Feste, und mit festem Tritt
und dunklen Rufen lassen sie die Erde beben:
es ist soweit: Venedig sinkt; und du sinkst mit.

Rom

Schon mit dem ersten Licht ist diese Stadt
in Leben eingetaucht und Kraft.
Die Häuser schimmern zwar noch etwas matt,
doch durch die Straßen rinnt schon all der Saft,

den Rom im Überfluß besitzt. Man spürt
das dumpfe Pochen aus den Katakomben,
wo sich der erste Christenleichnam rührt.
Sie werden alle kommen und mit Bomben

aus Glut und Hitze um sich schmeißen.
In ein paar Stunden steht die Stadt in Brand.
Die Götter stehn in Positur und gleißen
und halten bunte Dias in der Hand.

Unter dem Titusbogen weiden deutsche Schafe
und die Cäsaren lassen es geschehn.
Statt aufzuwiegeln wie einst jener Sklave
wolln sie zerbröckeln und auf Marmor stehn.

Die grauen Päpste kauern auf St. Peter
und geifern ihren Segen auf die Stadt
und suchen Gott. Was solls, da oben steht er
und jammert, daß man ihn vergessen hat.

Er soll sich vorsehn, daß ihn jene Pferde,
die seit Jahrtausenden die Sonne ziehn,
nicht niedertrampeln. Denn schon glüht die Erde
und alle grellen Lichter werden fliehn

und ins Inferno tauchen. Die Paläste
verlieren ihre Schatten und verstummen.
Die Zeit der Katzen kommt und die der Feste
die greisen Dichter steigen aus den Niederungen

Und endlich kann sich Rom besaufen
die Brüste prall und voll von Wein.
Gelächter fangen an zu laufen
und schwellen an und brechen in dich ein

Und du ertrinkst und taumelst durch die Gassen
die Häuser flattern auf, du rennst vorbei
du willst die ganze Stadt umfassen –
Rom hat dich endlich. Nie mehr bist du frei.

Hinterausgänge, am besten überwachsene, uneinsichtige
solche, die man direkt vom Keller aus erreichen kann
(wobei hier der romantische Aspekt weniger zu
berücksichtigen ist
als der zweckmäßige der schnellen Flucht).

Gute Freunde, unkontrollierte und noch nicht registrierte,
die im Parterre wohnen und eines ihrer Fenster immer
angelehnt lassen.

Ferner: daß dieses berühmte Knacken in der
Telefonleitung immer
seltener auf eine normale Störung zurückzuführen ist.

Daß bestimmte Gespräche mit guten Bekannten in
Kneipen am besten
leise oder noch besser nicht in Kneipen oder höchstens in
bestimmten
Kneipen geführt werden sollten.

Flußläufe und Parks sind weniger zu beachten
dagegen wäre es gut, einen exakten Plan der städtischen
Kanalisation
mit sich zu führen.

Auch sollte man sich merken,
daß heftiges Pochen an der Tür meistens nicht den Besuch
gutgelaunter
Freunde verkündet

doch was man sich vor allem merken muß:
Irgendwann hat es keinen Sinn mehr
sich zu verstecken.
Dann:
Kein Ticket nach Übersee
sondern hierbleiben.
Brüllen.
Widerstehn.

Deutscher Herbst

Da liegt was in der Luft.
Die Liebenden treibts noch einmal in die Parks
und die Gärtner schlafen mit einem Lächeln auf den
Lippen ein.
Selbst die eisernen Lungen pulsieren beherzter
und meine Mutter spielt wieder mit dem Gedanken
endlich ein Transvestit zu werden.

Da liegt doch was in der Luft.
Die Prokuristinnen schweben zum Fenster und
schnuppern.
Ihre Schreibmaschinen duften nach Lilien.
(Jetzt müßten all diese schmalhüftigen, wippenden
Männer eintreten, das Glied gehalftert,
zum Abzug bereit.)
Die Prokuristinnen schließen die Augen.

Da muß doch was in der Luft liegen.
O – dieses Ausatmen der Sonne!
Spitzbübische Staatssekretäre basteln am Grundgesetz.
Ihre Hände sind schlank und konturiert.
Unter den Brücken dampft das Leben.
Ich lieg auf irgendeinem wuscheligen Bauch
und träume davon, John Wayne zu kastrieren.

Da tut sich was in der Luft.
Der Mond ist endlich schwul geworden
und stakst mit Netzstrümpfen durch einen violetten
Spiralnebel.

In den schwarzen Kammern der Gefängnisse stapeln sich
die Tränen.
Die Strafverteidiger träumen vom freien Leben der
Konditoren,
und die Eliteeinheiten sind seit neuem päpstlicherseits
autorisiert
im Bedarfsfall die letzte Ölung vorzunehmen.

Da liegt was in der Luft.
Licht und das graziöse Sinken der Blätter und noch
ein Fetzen
Wärme auf der Haut
und am Horizont zeichnen sich die Umrisse
einer großen, starken und tödlichen Hand ab.

Ich würde so gerne etwas Zärtliches
schreiben.
Kaum Fühlbares
etwas
das man gerade noch spüren kann.
Wie man den Blick eines lieben Menschen
auf der Haut spürt.
Dank
auch wenn er nur gedacht ist
auch wenn er nur ganz kurz
und im Vorübergehn gedacht ist.
Schlichtheit
(schlichte Menschen vergrößern einen Raum
wenn sie durch die Tür treten).
Kinder spürt man
auch die leisen Kinder
bei denen man immer das Gefühl hat
man müßte den Mund halten
denn sie wissen schon lange alles.
Herzlichkeit
vor allem Herzlichkeit
(ich kenne Menschen
die dich mit einer Selbstverständlichkeit
in ihre Herzen aufnehmen
daß dir schwindlig wird).
Von all dem würde ich so gerne
schreiben.

Liebes Leben, fang mich ein
1980 – 1985

Liebes Leben, fang mich ein
halt mich an die Erde.
Kann doch, was ich bin, nur sein
wenn ich es auch werde.

Gib mir Tränen, gib mir Mut
und von allem mehr.
Mach mich böse oder gut
nur nie ungefähr.

Liebes Leben, abgemacht?
Darfst mir nicht verfliegen.
Hab noch soviel Mitternacht
sprachlos vor mir liegen.

Beim Aufwachen zu sprechen

Jetzt wärs soweit. Jetzt die Haare fönen
und dann irgendwas verkaufen. Oder Plakate
an Mauern kleben. Irgendwo freundlich
»Guten Morgen« sagen. Jemandem zulächeln.
An Dienstagabend denken. Wo sie lieber
mit dem Taxi nach Hause fuhr. Wo sie weinte.
Wo sie sehr schön war.

Doch, jetzt wärs soweit. Jetzt ging das Leben weiter.
Jetzt müßte man einen Eimer Wasser aus dem Brunnen
ziehen und mit dem Pfarrer plaudern. Ein sonniges
Plätzchen suchen vorm Haus. An Montagabend denken.
Wo sie sehr ausgelassen war.

Und es ist gar nicht eintönig, daß der Winter immer wieder
über die Stadt herfällt. Man kann sich einen roten Skianzug
schenken lassen. Den Hunden die Pfoten reinigen.
Man kann geduldig auf den Sommer warten.
Einen Amateurfunker heiraten.

Jedenfalls wärs jetzt soweit. Manche schreiben ein Buch
über den Freitod und nehmen sich dann wirklich das
Leben. Manche sperren sich dreißig Tage in einen
Schlangenkäfig. Einige mieten eine Zweitwohnung, um mal
richtig ausschlafen zu können. Andere vergessen immer
wieder den Campingkocher. Tränen und Streit am
Gardasee.

Nur, soweit darfs einfach nie kommen. Ich will jetzt lieber
erst mal Erich Fromm besuchen. Sogar in der Schweiz.
Oder das Oktoberfest vorverlegen, weil
nun mal dummerweise grad Mai ist.
Nur keine Kriegsberichte im Moment.
Keine Statements.
Zuhören und fliegen.

Wenns ein starker Tag wird:
Kraft saugen.
Es gibt noch so viele Lieder zu singen
jenseits der Sprache.
Ich werde zum See runtergehen
und den Sommer herbeidichten.
Es wird sich was ereignen mit mir.

Und doch lässt etwas Kirschen blühen im April

Da hilft kein gelber Schal, kein Clubprogramm
um sich den Federbetten zu entziehen.
Erst schaffst du dir mal eine Wahrheit an
und dann beginnst du lebenslang zu fliehen.

Investmentfonds und Palmenbuchten
Parteibuch, Irokesenschnitt –
du ebnest dir mit Formeln Schluchten
und teilst dich wiederkäuend mit.

Nur frisch geblökt! Aus welken Eutern
zapfst du dir Illusionen ab.
In Mühlheim sind zwar zwei am Meutern
und manchen wird der Atem knapp

doch erst mal selber ohne Falten.
Dann vielleicht Vorstand bei der Caritas.
Die Weltgeschichte hockt im Kalten,
und du verschickst das Pulverfaß

mit bunten Schleifchen an die Söhne.
Meistens ein Kärtchen innenbei:
Bewahrt das Gute und das Schöne.
Wünsch mir zwei Enkel. Oder drei.

Und doch läßt etwas Kirschen blühen im April
und läßt dich wieder fallen, wenn du schwebst.
Muß wachsen, werden, hält nicht still
und will dir einfach sagen, daß du lebst.

Die Weisen ziehn den Hut und danken.
Manche Poeten greifen zum Arsen.
Nur ein paar Starke sieht man schwanken
und nackt und glücklich weitergehn.

Die geduldig Wartenden
waren mir noch nie ganz geheuer.
Alle, die nicht irgendwann
aufspringen und brüllen:
Und ich? Wann komme jetzt endlich ich dran?
All die milde Lächelnden
unendlich Genügsamen
sind mir verdächtig.

Komm mit den hauptamtlich Guten
nicht so zurecht
und Missionare
sind zuerst mal nur penetrant.

Will denen allen nichts Schlechtes nachsagen
zumal ich sicher auch selbst oft
in Bedrängnis geriete
ohne die Sozialarbeitergesinnung
mancher Mitbürger.

Richtig wohl allerdings
fühl ich mich erst bei den bösen Buben,
die im Sommer die Schule schwänzen,
nur nie sich selbst
mit Steinschleudern auf die Wirklichkeit zielen
und nicht daran denken,
bei schönem Wetter
mit Sammelbüchsen durch die Stadt zu rennen.
Das möcht ich nur mal so
vor mich hin gesagt haben.

Statistisch erwiesen: Wer säuft, lebt kürzer
und Rauchen zerklüftet latent.
Auch wer gerne frißt und gewichtig wird
verreckt zu vierzig Prozent.

Wer fremd geht, holt sich die Syphilis
Zirrhose den Zügellosen
und, je nach Mode, ist Hodenkrebs
die Strafe für zu enge Hosen.

Wenn die Alte zu geil wird, beweist man ihr besser,
daß Samen karzinogen ist
und wer lacht, ist verdächtig, weil lachendenfalls
der Bakterienschub zu extrem ist.

Das Reden wird irgendwann viel zu gefährlich
verbreitet im Gaumen Geschwüre
und doch, obwohl du dich gründlich geschützt
steht der Tod plötzlich vor deiner Türe.

Du wimmerst: Verzeihung, das kann gar nicht sein
rein statistisch darf ich noch leben!
Und dann werden sie dir an den großen Zeh
das größere »Pech gehabt« kleben.

Ihr Lieben, das bringt euch doch jetzt schon um!
Die Methode ist hinterlistig.
Ja, glaubt ihr denn wirklich, der Tod ist so dumm
und hält sich an die Statistik?

Keine Zeit zum Denken, sagt er
fährt jeden Sommer nach Alassio
und geht in Dinkelsbühl in die Sauna.

Alles sauber.
Masseure mit Reifezeugnis und
Unbedenklichkeitsbescheinigung.

Telefonieren
Zinssätze ausrechnen
absolut keine Zeit zum Denken.

Und während ich ihn mir so ansehe
schiebt sich die Milchstraße
zwischen uns.

Dem fehlt der Stachel, sag ich mir
dem fährt kein Wind ins Gesicht.
Wo will der noch seine Hand hinstrecken?

Der putzt sich die Zähne
wahrscheinlich mit
destilliertem Wasser

der schlägt seine Frau
nur freitags
zwischen acht und neun.

Was der wohl träumt?
Wie der wohl sterben wird?
Bäumt er sich dann noch mal auf?

Der onaniert
bestimmt nur
mit den Fingerspitzen.

Keine Zeit zum Denken,
sagt er,
und andere

schleichen sich nach Büroschluß
in die Küche,
um die Kinder nicht zu wecken

rücken sich still
die Lampe
zurecht

und suchen in Büchern
Gesprächen oder Gebeten
ein bißchen was von sich mitzukriegen.

Freiheit

Etwa auf Hügeln: Toscanablick
da springt Sie die Freiheit an.
(In Taufkirchen wirklich nicht möglich.)

Chevrolet Blazer. Rücksitzfick.
Ein Berggasthof irgendwann.
(Auch alte Mühlen sind löblich.)

Oder: Schuld sind die Preise.
Gedüngt wird mit eigener Scheiße.
(Im Bayrischen Wald, kollektiv.)

Sie rennen davon und verschwinden
und die Freiheit kann Sie nicht finden.
(Die ist nicht alternativ.)

Hab mich wieder mal aufgefangen
ohne Sprungtuch und Wort zum Sonntag.
Wer soll mich schon halten
wenn nicht ich?

Dich fangen schöne, starke Arme,
sag ich mir oft.
Laß sie dir nicht zerbrechen,
Wecker!

Und ging davon. Und ohne große Sprüche.
Und nimmt noch Hemd und Hose aus dem Schrank,
um rein zu sterben. Zettel in die Küche:
Ich glaub, es reicht. Machts gut und vielen Dank.

So viele Jahre Menschsein können nerven.
Man kann das einfach regeln oder larmoyant.
Er hörte auf, ein Weltbild zu entwerfen,
verzichtete aufs Schluchzen und verschwand.

Und in den Wohnblockzellen stricken sie Pullover
und richten sich schon jetzt auf Winter ein.
Die Hungrigen beschweren sich beim Ober.
Die meisten graben sich in ihren Ängsten ein.

Die Starken kämpfen noch um ein paar Rechte.
Die Hoffnungsvollen spenden Trost und Brot –
und er besinnt sich auf das einzig Echte:
Geht in die Knie, empfiehlt sich und ist tot.

In manchen Sommern, sehr von Reinheit überflutet
vielleicht noch eine Nachricht: Ihr gehts gut
und sie hat Sehnsucht, und sie hat geblutet
und du ertrinkst in dieser weichen Flut

von Glücken. Luft und Sinne stimmen.
Jedoch so ganz von unten her
beginnt das alles etwas zu gerinnen
und wird auf einmal schwer und ungefähr.

Du raffst dich auf. Noch klebt das an den Beinen.
Noch tanzen dir Sirenen um die Stirn.
Doch plötzlich packt es dich: Du mußt verneinen.
Und dich, bevor du aufgibst, neu verwirrn.

Man muß den Flüssen trauen. Sie verschwenden
sich jeden Zentimeter neu. Und Zeit
und Dummheit kann das Fließen nie beenden.
Und auch die Wolken sind zu neuem Flug bereit

und sterben nie. Ich will nach oben
wo mich das Unfaßbare härter streift.
Es ist ganz klug, die Götter erst zu loben
bevor man sie sich endlich greift.

Der Baum singt

Ich bin ein Baum.
Ich bin auf einem Hügel geboren.
Mich schützen keine Wälder.
Ich steh allein.

Männer mit Beilen bestimmen die Gegend.
Doch wir Bäume sind nie verloren.
Unter der Erde
unsere Wurzeln berühren sich leis.

Ich bin ein Baum.
Wende mich lieber zur Sonne hin.
Liebende lehnen sich an mich an
wenn sie hilflos sind.

Ich wechsle die Farbe, den Namen, die Form
aber nie den Sinn.
Und habe eine kräftige Stimme gegen den Wind.

Wo ich im Wort nicht weiterkann:
gedrängte Stunden. Nächtelang
nur Innenwelt. Und dann?

Oft, unter einem Baum zu sitzen
ist mehr Bestimmung als der Drang,
sich Formen aus der Brust zu schnitzen.

Da werden Skizzen manchmal Bilder
die übersetzen in die Zeit
und stimmen milder.

Uraltes fällt mir wieder ein
und, aufgehoben in der Ewigkeit
lass ich mich sein.

Über die Dichter

Ich halt mich lieber weiter an die Dichter
weiß von ihrem Vertrag mit den Göttern
und stell mich ungeduldig
hinten an.

Sie sind nun mal ganz gut angesehen da oben
haben Kredit
führen andere Gespräche
stürzen tiefer.

Manchmal glaub ich
die spazieren da draußen in Wäldern rum und werfen
sich die Worte zu.

Immer wieder leg ich dann meinen
Verstand in den Schoß
es wird sehr still in mir
und atemlos.

Irgendwann
werden sie mir schon auch ein paar
rüberschicken.

MANCHE WORTE, JAHRELANG
vage Hieroglyphen,
tragen einem plötzlich an
sich zu überprüfen.

Werden sichtbar in Gedichten
die sonst nie berührten
oder springen aus Geschichten
einer Illustrierten.

Viele wollen diesen Fund
nicht mal registrieren.
Schimpfen plötzlich ihren Hund
kriegens an den Nieren.

Doch das legt sich. Mit der Zeit
wird man gerne tauber
dient der Unzulänglichkeit
und bleibt fortan sauber.

Und die Worte streichen aus
was in ihnen ruhte.
Steigen über uns hinaus
heim ins Absolute.

MANCHEN GELINGT ES
sich so zu entfalten
daß sie sich immer
die Unschuld erhalten.

Die warten im Schatten
um besser zu sehen
können ohne Applaus
der Angst widerstehen.

Die schreiben nie Lieder.
Die sind Melodie.
So aufrecht zu gehen
lerne ich nie.

Liebesflug

Ich will nicht bis zum Frühjahr warten
will jetzt schon meine Reise machen
und hätt dich gern dabei.

Das sind die wirklich großen Fahrten
die einfach, ohne aufzuwachen
den Herbst verbinden mit dem Mai.

Nur raus, nur fort, nur kein Verschieben!
Der Winter wird jetzt aufgerieben!
Was für ein Flug.

Von allen meinen großen Lieben
ist mir nur eine treu geblieben:
der Selbstbetrug.

Die Fenster offen. Um zu fliegen
brauchts einen schönen Rausch
und Hexerei.

Wer, bitte, soll mich jetzt noch kriegen?
Ich reit auf einem Wattebausch
die Zeit entzwei.

Schon wirft die Erde erste Falten.
Da steigt ein Abgrund hoch zum All.
Bin ich jetzt frei?

Doch, doch! Das Tempo will ich halten.
Hab auch noch beide Lungen prall.
Bist du dabei?

Jetzt seh ich Deutschland untergehen.
Werd einfach meinen Rücken drehen.
Blick oben hin.

Ob Dichter bei den Engeln stehen?
Und kann ich von da oben sehen
ob ich noch bin?

Ach, Liebe, mach dich nicht so schwer.
Sei leicht, sei leis, faß stiller an
wo alles ruht.

Wo hast du nur die Kräfte her?
Wenn Liebe Sterne wecken kann –
verschon mich, Glut.

Und Liebe sitzt mir auf dem Rücken
und Liebe sitzt mir im Genick
ich trage schwer.

So kann das Fliegen niemals glücken.
Du lieber Mund, du lieber Blick
du drückst mich sehr.

Verdammt. Noch nicht mal Herbst. Ich falle!
Das wird ein Warten auf den Mai!
Habs fast gewußt.

Denn diese liebevolle Kralle
reißt mittendurch den Leib entzwei
und Stirn und Brust.

An den Freund

Kann ich vereinzelt eine neue Regung
ein Ungewohntes deines Wollens nicht verstehen
dann bleibt mir nur, diese Bewegung
in mir zu suchen und mit dir zu gehen.

Denn was ich von dir weiß, ist niemals mehr
als ich von meinem Wesen will und kenne
und alles, was ich an dir ungefähr
oder gar falsch und unbewiesen nenne

ist nur ein Dunkelsein in mir. Ich spüre
wie sich dein Bild mit mir beständig formt
nur in dem Maß, wie ich mich jeweils sehe.

Ob ich dich finde, ob ich dich verliere –
du bleibst mir nur nach dieser Form genormt:
die ich bestimme und mit der ich überstehe.

Auch dich quält manches. Auf der Hut
vor Steinen, Kälte, Kinderscherz
bist du wie ich so voll von Blut
nicht frei von Leiden. Nur dein Schmerz

ist momentan. Die Schüssel Fraß,
die ich dir vor die Türe legte,
entschädigte im Übermaß
und ließ vergessen. Mich bewegte

dein festes Stehn im Augenblick.
So ruhend kann ich niemals sein.
Bist du die beßre Kreatur?

Du wartest nicht auf Sinn und Glück
hebst, wenn es dringlich ist, ein Bein
und bist dir selbst genug Kultur.

*

Wer sonst, wenn nicht die Herrenlosen
Verachteten Getretenen
soll fähig sein zu neuen Losen,
zum Weiter. Nur die Ungebetenen

können die nötige Verwirrung schaffen.
Du beißt (auch scheinbar ohne Grund),
verschwendest dich (anstatt zu gaffen)
und bist ganz einfach da und Hund.

Ein Schnuppern, ein Zur-Seite-Weichen
ein Springen, nirgendshin gerichtet,
genügt schon. Kann dich weitertreiben.

Du sprichst mit Winden und mit Teichen
und nichts hat Klang, was mehr verpflichtet
als immer Kreatur zu bleiben.

*

Oft wenn du voller Wichtigkeit
nach interessanten Spuren gehst
und fiebernd und wie aus der Zeit
dann plötzlich deine Schnauze drehst

weil irgendein Genosse bellt
und du, zu jedem Spaß bereit
(es wird sich rausstellen, obs gefällt)
so offen bist, so Sinnlichkeit

dann würd ich gern für ein paar Stunden
mit in dein Hundeleben ziehen
und auch aus deinen Wurzeln trinken

um mich ein wenig aufzurunden,
nicht um aus meiner Welt zu fliehen
sondern um einmal restlos zu versinken.

*

Wenn ich dich manchmal wiederseh
zufällig beim Spazierengehen
begrüßt du mich. Fast tut es weh
dich nicht als *meinen* Hund zu sehen.

Auch du hast sicher drangedacht
mit einem Herrn nach Haus zu gehen
treu aufzupassen in der Nacht
und folgsam deinen Hund zu stehen

doch laß uns lieber dann und wann
beschnuppern und zusammen spielen
nach Ungewissem Ausschau halten

und jeder darf so wie er kann
und nur nach seinen eignen Zielen
stehenbleiben oder sich gestalten.

Warum sie geht

Und das Häuschen steht ganz malerisch am Waldrand
und den Garten schmückt ein Blumenbeet
da ist ein Hund und eine Schaukel
da blüht der Flieder (wenn es Mai ist)
und er versteht es einfach nicht
warum sie geht.

Er hat doch immerhin die ganze Zeit geschuftet
und ihretwegen hält er jetzt sogar Diät
und plötzlich packt sie ihre Koffer
unten wartet wer im Auto
und er versteht es einfach nicht
warum sie geht.

Na gut, er hat schon mal den Hochzeitstag vergessen
und ihr auch ab und zu mal eine eingeschenkt
doch immerhin: Sie hat von seinem Tisch gegessen!
Und irgendwie hat sich das immer wieder eingerenkt.

Doch im Auto sind die Koffer schon gestapelt
und auf einmal wird das alles so konkret.
Auch der Flieder denkt ans Blühen
und wie flüchtig so ein Mai ist
nur dem Hund ists scheißegal
warum sie geht.

Und sie lächelt so ein unbekanntes Lächeln
eins, das endlich mal für sich alleine steht
das ihn lähmt und das ihm weh tut
das ihn abhält, sie zu halten –
und er versteht auch jetzt noch nicht
worums ihr geht.

Und das Häuschen steht ganz malerisch am Waldrand
und den Garten schmückt ein Blumenbeet
da ist ein Hund und eine Schaukel
da blüht der Flieder (wenn es Mai ist)
und der versteht es ganz genau
warum sie geht.

Da ist der Krebs. Und da sind diese Tränen.
Und da er selbst. Auf einmal mittendrin.
Und er beginnt sich grenzenlos zu schämen
und macht sich auf die Suche nach dem Sinn.

Die Professoren sprechen von Symptomen.
Die meisten fühlen sich ganz einfach nur gestört.
Die liebe Mutter wollte er verschonen.
Und gute Freunde zeigen sich empört,

daß er sich nicht ins Dunkel schleichen wollte.
Und gönnen ihm selbst jetzt den Glauben nicht.
Denn erstens sind sie kerngesund und voll Revolte
und zweitens trauen sie noch keinem Licht.

Und eines Tags verläßt er Arzt und Bett,
um nicht die letzte Achtung zu verlieren.
Sucht sich ein Leben ohne Etikett
und ist bereit, sich selbst zu respektieren.

Die Professoren tragen spitze Hüte
und singen fistelnd im Philisterchor.
Ach, kämen doch das Wissen und die Güte
ein bißchen häufiger gemeinsam vor!

Und wir verdauen alle klugen Sprüche,
wenn sie fundiert und von Doktorn gesiebt.
Doch er entscheidet sich für Blicke und Gerüche
und einen Himmel, der ihn liebt.

Brich auf, Geliebte,
nimm mich mit.
Heut nacht

hat sich auf einmal
unsre Liebe
aufgemacht.

Die Schiffe vollgetankt.
Kein Hafen lockt
mit Seelenruh.

Brich auf
und schließe, Sturm,
uns nie die Augen zu.

Brich auf, Geliebte.
Endlich öffnet sich –

Nimm weiter dich
und liebe mich.

Lieber Gott
vor ein paar Stunden
hab ich dich einfach so angeredet.
Ich war pinkeln
stockbesoffen und den Kopf an die Kacheln
des Pissoirs gelehnt
kaum mehr in der Lage
meine Männlichkeit in den Griff zu kriegen
und da überkam mich plötzlich das Gefühl
der Ewigkeit.
Du wirst dich in diesen Fällen
nicht so auskennen
aber du mußt mir das einfach glauben
diese Stellung hilft einem eben
etwas von der Ewigkeit kennenzulernen.
Plötzlich hat man sein Gleichgewicht gefunden
Hände am Hosenlatz
ein Bein leicht angewinkelt
und man ist so froh, nicht mehr umzufallen
daß man das nie mehr aufgeben will.

Jedenfalls kam mir da plötzlich dieses
»Lieber Gott«
über die Lippen
und ich wunderte mich
daß ich dich auf einmal
so liebevoll angeredet habe.
Wir beide sind uns im Laufe der Jahre
über manches klarer geworden.

Du willst mir nichts mehr vorschreiben
und ich will dir nichts mehr vormachen.
»Liebe Gott und tue, was du willst«,
diesen Augustinus hat man mir früher immer
verschwiegen.
Dafür haben sie uns ab und zu
kleine Hauchbilder in die Hand gedrückt
mit schönen Engelmännern drauf
die gebrechliche Damen
über Brücken gleiten.
Aber wenn ich mir das mal ohne Haß
durch den Kopf gehen lasse –
so dumm kannst du gar nicht sein
wie dich die Jahrhunderte dargestellt haben.
Von deinem Standort aus
überblickst du alles ja soviel besser
wie sich Gesetze ändern
wie unmenschlich menschliche Ordnungen sind
wie sprunghaft die Schuld ist
lieber Gott
du kannst ja gar kein Rächer sein
und schon gar kein Moralist.
Eigentlich hast du zuerst mal
immer verdammt viel mit mir zu tun.
Und du kannst warten.
Ewigkeiten fließen durch dich hindurch
und du wartest einfach.
Schreibst keine Romane,
hörst dir nicht mal Gustav Mahler an
drückst dich in der Straßenbahn nie an kleine Mädchen
was, Gott,
wenn ich nicht wäre?

Hab ich recht
stirbt was an dir
wenn ich aufgebe?
Du nimmst mich doch böse und gut
grausam und mildtätig
Hauptsache
ich bleib am Ball.

Ich würde gern mal mit dir
einen Nachmittag lang durchs Universum fliegen
aber laß mich wieder zurück.
Ich habe noch soviel zu erledigen hier unten
bin wohl noch nicht ganz fertig.
Will im August in die Toscana
hab noch eine Menge Musik zu machen
muß ein paar Leuten auf die Zehen treten
meine Leber hält auch noch einiges aus
und lieben will ich,
lieber Gott,
lieben, bis mir das Fleisch von der Seele fällt.
Haben das deine Engel mal so gemacht?

Wahrscheinlich muß mich erst wieder
die Ewigkeit streifen
in irgendeinem Pissoir
bis wir wieder mal
miteinander plaudern.
Aber wir haben ja Zeit.
Werde bis dahin versuchen
schön chaotisch zu bleiben
Gesetze zu brechen
und der Macht aus dem Weg zu gehen

das ist mir Moral genug.
Und nur unter diesem Gesichtspunkt
sollten wirs weiter miteinander
versuchen.
Will mich nicht messen mir dir.
Will auch nicht in die Knie sinken.

Drück mir die Daumen
und schäm dich nicht, vorbeizuschauen
wenn ich traurig bin.
Das hab ich nämlich schon lange rausgekriegt:
Ihr Götter könnt nicht weinen
und müßt durch unsere Tränen stark werden.
Laß mich nicht fallen,
lieber Gott.

Ich fliege übers Ach-ich-kann-nicht-Meer
1986 – 1990

Ich fliege übers
Ach-ich-kann-nicht-Meer.
Die Wolken prasseln meine Flügel naß.

Salz in der Nase
und die Lippen schrund.
Mich feuerts. Lecke Kinn und Mund.

Jetzt, lieber Bruder, teilen wir
die Asche und den letzten Wein.
Dann überm Abgrund kurz verweilen.

Wir stürzen, Bruder. Halt nicht auf.
Vereinsamt sterben wir.
Gemeinsam bleibt der Lauf.

Nächtens wenn die Sonnen schweigen
wird die Frage laut: Warum?
Wärst so gerne dir zu eigen
und stehst doch nur außen rum.

Nächstens, niemand liegt bei dir
kaltes Bett und kahle Wände.
Schlaftabletten. Stummer Schrei:
Manche falten noch die Hände.

Nächstens. Zehnter Stock. Terrasse.
Nebenan, Apartment sieben
starrt ein Nächster auf die Straße
und beschließt, davonzufliegen.

Nächstens wenn die Sonnen schweigen
wird die Frage laut: Wozu?
Wärst so gerne dir zu eigen.
Schließ die Augen. Deck dich zu.

DIE TÜREN VERRIEGELT. Die Sonne verbannt.
Zu wissend, um noch zu ahnen.
Erst haben wir alles umbenannt
jetzt scheitern wir an den Namen.

Herrschaft der Gifte: Sie heißen Nacht
und schlaflos und Einsamkeit.
Wer sich, wie wir, um den Tag gebracht
dem endet die endlose Zeit.

Kein Fenster, kein Duft, ach, wär nur ein Baum
ein Stückchen Himmel zu sehen.
Zwischen Suchen und Sucht, zuviel und kaum
verlernten wir zu überstehen.

Da war doch mal Sonne und Mittelmeer
da tönten doch Rosen und Licht –
jetzt lasten die Nächte als Narben schwer
auf unsrem verhuschten Gesicht.

Tropenträume

Das ist die hohe Zeit der Tropenträume
ein Flügelschlag nur bis zum Meer.
Und alles, was ich jetzt versäume
erreicht mich bis ins Grab nicht mehr.

Versoffner Mond und dunkle Weine
das Leben schlägt die Phantasie!
Ein schwuler Priester schwingt die Beine.
Er ist der Star der Travestie.

Sie tanzt. Und ihr Jahrhunderthintern
verspricht mir mehr als ein Gedicht.
Ich möchte in ihr überwintern
doch Eis und Winter kennt sie nicht.

Sie tanzt. Es gibt nur diesen einen
äonenalten Liebestanz
durch den die fremden Welten scheinen
und unbekannter Götter Glanz.

Nur weiter! Wo die Schiffe dösen
dem letzten Hafen hinterher.
Dort, wo die Blumen alles Bösen
dem Sumpf entblühen, bunt und schwer.

Jetzt Segel setzen, windwärts fliehn.
Zu Hause wartet das Verderben.
Sie haben mir noch nie verziehn,
daß ich zu stark war, um zu sterben.

Der Tod hat viel zu schwere Flügel
ihn hält es nicht in meinen Höhn.
Er ist das Pferd. Ich halt die Zügel.
Er überdauert. Ich werd überstehn.

Es ist der alte Rausch der Meere
der meine Fieberträume nährt.
Dahinter öffnet sich die Leere
und eine Stille, die verzehrt.

Ich bin dem Sanften nicht gewogen
auch langweilt mich der milde Blick
mich hat das Feuer großgezogen
zum Feuer will ich auch zurück.

Da wuchern wieder Kindheitsträume
das Wunderland Calafia
das ich erst spät durch dunkle Räume
im Drogentaumel wiedersah.

Das brandet an. Das ist das Fieber
das aller Völker Mutter war.
Aus diesem Stoff ist das Gefieder
der Engel. Weiß und wunderbar.

Das ist die hohe Zeit der Tropenträume
ein Flügelschlag nur bis zum Meer.
Und alles, was ich jetzt versäume
erreicht mich bis ins Grab nicht mehr.

Hab so eine Sehnsucht, mich aufzuspüren
mich in den Griff zu kriegen
und scheitere oft schon am Buchstabieren
und dann bleib ich meistens liegen.

Zwischen Rausch und Askese, halb Heiligenschein
halb Auswurf der Hölle, ich schwebe
und pendle mich meistens nicht mehr ein –
und doch: ich lebe. Ich lebe!

Ach, diese schöne Stunde
und Rausch und Überfluß
und du an meiner Seite –
und Kuß für Kuß

gefallen wir uns besser.
Ist das nicht fies?
Die Welt liegt unterm Messer –
und wir im Paradies.

Gut zu fühlen, daß der Wind
mit den Wellen sich vereint
daß der Finsternis zum Trotz
eine Sonne immer scheint.

Gut zu fühlen, daß der Drang
seine Seele auszuleeren
schweigen kann, obwohl man weiß
er wird immer wiederkehren.

Gut zu fühlen, man kann weiter
untergehen und überschäumen
währenddessen unverformt
sich die Verse selbst erträumen.

Ach sicher, ein jeder gäbe sich gern
ganz seiner Seele hin
denn der Mensch ist nicht schlecht
nur die Umstände sinds, die ihn schlächten.
Aber wer macht nur die Umständ so schlecht?
Den Göttern könnt mans schon anlasten
aber die haben wir selber vertrieben
und da nützt kein Geschrei.
Jetzt, wo wir auf ihren Plätzen sitzen
spricht uns das eigene Wehklagen schuldig.

Ach sicher, ein jeder gäbe sich gern
ganz seiner Seele hin
doch jetzt find sie mal wieder!
Vertrieben, verkauft und beim Wiegen zu nichtig
befunden
die Seele, dieses Stück Niemandsland
find sie mir wieder!
Und ich werd mich schön einhüllen
im Winter, wenns Mäntel braucht,
werd ich mich einhüllen in eine warme Seel.
Nein, der Mensch ist nicht schlecht
nur die Umstände sinds, die ihn schlächten.
Aber wer macht denn die Umständ so schlecht?

Und sicher, jeder gäbe sich gern
ganz seiner Seele hin
nur die Zeit, an der mangelts
und das Gelächter, der Spott

wenn man sich aufmacht, sich aufzumachen.
Besser, man zerrt die Umständ vors hohe Gericht.
Dunkelhaft, Einzelhaft, weg mit den Umständen!
Immer finden sich welche, die Umstand heißen.
Kerker, Galeeren und Wasser und Brot,
denn der Mensch ist nicht schlecht
nur die Umstände sinds, die ihn schlächten.
Und siehe oben:
Wer macht denn die Umständ so schlecht?

Selbst wenn es nichts mehr gäbe
was mich hält
dann hielte mich noch
daß mich nichts mehr hält.

Schon immer hab ich auf das Schreckliche gewartet.
Es lauert hinter jedem Vorsprung. Und so schnell
ist, wer noch eben artig war, entartet
und Orpheus Saitenklänge enden im Gebell.

Wohin nur? Einer meint: die Form.
Der andere: Ändere deine Haltung!
Selbst ohne Norm zu leben wird zur Norm,
und ungestalt zu sein ist auch Gestaltung.

Noch bleibt der Wahnsinn. Halte dir im Hirn
die Gärten offen. Blühe, wo die Welt
noch keinen Zutritt hat. Wo dein Gestirn
sich noch im Innersten zusammenhält.

DA DRAUSSEN BLÜHEN schon die Anemonen
und hier erdrückt mich Bürokratenmief
und doch: Hier muß und werde ich auch wohnen
hier fall ich hoch, hier steig ich wieder tief.

Ich sehn mich auch nach dieser Frühlingsblüte
die selbst im Winter auf den Äckern liegt
wo das, worum man sich so lang bemühte
auf einmal eine sanfte Rundung kriegt,

bis die Verklärung wie ein Hauptgewinn
als süßer Regen auf mich niederfällt
doch weil ich zweitens ziemlich fleischlich bin
ist es der Mief, der mich am Leben hält.

Immer, wenn ich in Urlaub fahre
höre ich irgend jemanden sagen:
»Aber selbstverständlich, Bernd«
oder
»So nicht, Luise«,
und das gibt mir dann das feste Gefühl
nicht allein zu sein
alles in deutschem Griff
sozusagen.

Sehen Sie
ich könnte auch ganz woandershin fahren
in den brasilianischen Urwald zum Beispiel
oder ans Nordkap
wo nichts anderes zu hören ist
als das ewige
Oink Oink
der Seehunde
aber kann ich mir da ganz sicher sein,
daß das in der eigentlichen Bedeutung des Lautes nicht auch
»Aber selbstverständlich, Bernd« heißt
oder etwas abgewandelt
»Laß mich in Frieden, Luise«?

Vielleicht haben die Gestirne in diesem Punkt
ein völlig anderes System
und das sieht man schon daran

daß sie in den seltensten Fällen
Bernd oder Luise heißen
und sie bräuchten schon eine gewaltige Stimme
um sich über Lichtjahre hinweg
»Aber selbstverständlich, kleiner Wagen«
oder
»Halt die Fresse, Andromeda«
zuzubrüllen,
und ich würde mir da oben etwas verloren vorkommen.

Also freue ich mich
wenn ich Bernd und Luise begegne
lächle ihnen zu,
und es kommt schon mal vor
daß ich dem oder jenem
mir völlig Unbekannten
»Ist schon in Ordnung, Bernd«
oder
»Mach dir nichts draus, Luise«
zurufe.

Es fällt mir jetzt schwer
hinter dem ganzen
einen Sinn zu entdecken
oder gar eine
mir genehme
philosophische Grundwahrheit
aber ich glaube, es ist an der Zeit
Tatsachen wie diesen
hart und unerbittlich
ins Auge zu blicken.

Sie haben keine Bedeutung,
nützen weder beim Abwaschen
noch beim Meditieren
aber schwingen in ihrer eigenen Melodie,

und das ist doch auch schon was, Bernd.
Oder etwa nicht, Luise?

Ich liebe die Dicken!
Ich kenne ihre heimlichen Vorlieben
ihre nächtlichen Umkreisungen des Eisschranks
ihre Demütigungen in Modegeschäften
wenn die windschlüpfrigen Verkäufer der Schweißperlen
gewahr werden
und sich davonschwebend erheben
so, wie sich immer einer über den anderen erhebt
weil er zu rot ist oder zu schwarz
oder zu lutheranisch
oder zu esoterisch.

Kopfsalat oder Schweinerücken!
Ich sehe schon die Armeen aufeinander zurasen.
Kopfsalat oder Schweinerücken:
weils ja immer einen Grund geben muß zum Kämpfen
und auch hier halt ichs mit den Dicken.
Sie sind selten vorne dran
denn sie nagen immer an etwas
seis an ihrem Dickesein
oder an einem Hühnerbein.

Nicht, daß ich die ganze Welt lieber fettleibig hätte
sie sind eben nur von anderer Art
so, wie einer katholisch ist
oder Freimaurer
oder Säufer
oder Dauerläufer.
Eine Haltung, die es zu schützen gilt.

So zwischen null und sechs Uhr früh
wenn wieder alles nicht mehr läuft
und das Gefühl: Sie kommt doch nie
in Wodka und Blabla ersäuft

wenn ich mich, also unbeweibt
aufs Dichter-, Denkertum besinn
wenn nur die alte Lüge bleibt
daß ich allein am besten bin

dann wünsch ich mir den Feuerstrahl
mit dem sich Götter demaskieren
daß sie mit mir sich ganz banal
im Unbedeutenden verlieren

daß sie derselben Phantasie
die mich gemacht hat, hörig sind
und daß dieselbe Melodie
uns aus denselben Herzen rinnt.

Immer wenn ich
berauscht vom Heldentum
nach einem Actionfilm
die Straße breitbeinig in Beschlag nehme
beschließe ich
mich tags darauf
in einem Karatekurs einzuschreiben.
Es ist vielleicht eine etwas derbe
aber
es ist auch eine Art von Poesie
dem anderen leidenschaftslos und ausdrucksstark
die Fußkante unters Kinn zu pfeffern.
(Man wünscht sich manchmal
mit dieser Art Gedicht
einigen Kritikern zu antworten.)
Jetzt werden Sie sich sagen
na, bei dem ist ja selbst das Scheißen poetisch.
Ja, natürlich, kann durchaus sein.
Sie müssen das so sehen:
Poesie ist nicht eine Sache der Bilderfluten
sondern zuallererst ein rhythmisches Phänomen
keine Angelegenheit von links oder rechts
altväterlich oder avantgardistisch
sie hat eher etwas mit atmen zu tun
Legato und Stakkato
Story oder Reim sind austauschbar
aber das Luftholen im richtigen Moment
ist unwiederholbar
und verdichtet einen Augenblick
zur Ewigkeit.

Surfen und Schifahren

Schifahren und Surfen.
Im Winter Surfen
im Sommer Schifahren.
Frühjahr und Herbst:
Schisurfen
später dann
Schurfen und Sifahren
Sifahren und Schurfen.
Im Winter Schurfen
im Sommer Sifahren.
Im Herbst Schischurfen.
Abends hat man sich viel zu sagen:
Schurfen Schie auch, Fräulein?
Nein, ich schare nur Schi.
Schade.

Nur keine Statements mehr
Parteien und Parolen
(Gehirnverbände, um zu fliehen).
Genüsse holen wir uns meist verstohlen
nur Kapriolen
werden ab und an verziehen.

Doch Stürme, Brechungen
und Hilfeschreie
verletzen Barrieren und Gesetz
man hält sich fit mit Weizenkleie
und lebt halt ungern ohne Netz.

I

Diesen Verfall zu genießen.
Diese bröckelnden Hotels
mit ihren großschnäuzigen Eingangshallen
wo man stündlich auf den Ansturm
der Straßenjungen wartet
um mit einer letzten großartigen Gebärde
lächelnd erschlagen zu werden:
Alles ist Endzeit
immer schon
immer war jede Zeit Endzeit
und immer schon
mußte man sich
– wenns geht –
besoffen von Flieder oder Jasmin
ans Weiterleben erinnern.

Schön:
im Verfall zu versinken und
wenn auch nur kurz
mit der Geste der Herren
sein zerfressenes Ich
zu polieren,
von Mitleid verschont
und von allen Gedanken
an Recht und Gerechtes
dümmlich und stolz und erhaben

unterzugehen.
Wie gräßlich
wie unsozial!
werden Sie brüllen.
Er hat kein Herz –
und wirklich
es wird auf mir lasten wie Stein
aber für einen Augenblick
will ich der Grausamkeit
Teil sein.
Dann dürfen Sie mich zerfleischen.

II

Keiner kann mir erzählen
daß Lava kein Tier sei
und wie mir der Wirt
zwischen der Pizza und einer Cassata versicherte
kein »animale di un sogno terribile«
und daß da im Inneren der Erde nicht wirklich die
Hölle brodelt
(uns allen nur zu gut bekannt:
haben wir doch immer dieselben Bilder
in unseren verschiedenen Träumen).
Alle diese in heißem Schleim verfinsterten
verendenden Wesen
kann mans ihnen verdenken
daß sie ans Licht wollen
sich über Bäume und Wiesen und selbst Flüsse
und Meere verströmen

um teilzuhaben am helleren Leben?
Ich würde wohl scheitern an dieser gigantischen Fotze
die ohne zu ruhen Feuer gebärt
auf daß der Kreislauf nie ende
und die Hölle nie endlos sei
auch wenn sie mich reizen würde
wohlgemerkt in sicherer Entfernung
und behütet von zwei erfahrenen Führern
die mir versichern
daß der Untergang der Welt
sich noch um ein paar Tage verschiebt
gegen ein angemessenes Trinkgeld, versteht sich
aber so nah bin ich den Tiefen der eigenen Seele
noch nie gewesen.
Als ob dieser Feuerteig
nur darauf wartete
aus mir gespien zu werden
um sich noch im Erkalten
mit der Welt zu verbünden.

III

Schübe von Duft
und ein gefährliches, nie endendes Blau.
Mädchen schlendern vorbei
kleine, dralle, wiehernde Mädchen
mit Schenkeln aus Erdnußbutter geformt
und himmlischen, pompösen Brustwarzen
und dazu –
überall bist du

zwischen den Brüsten der Gemüsefrauen
strahlt mir dein Gesicht entgegen
und auf den liebevollen Blicken der schwulen Buben
schwimmst du mir zu.

Hätten sie nur diesem christlichen Gott
das Fleisch gelassen
hätten sie uns nur einmal erzählt
wie Jesus gierig in den Schoß der Magdalena getaucht ist
hätten sie doch die Götter weiterhin vögeln lassen
ließen sie nur die Liebenden
auf ihren Altären zeugen und gebären –
man muß die Wollust zum Sakrament machen
anstatt sie aus den Kirchen zu verbannen.

Ach, von einem Gott bestiegen zu werden
am liebsten im Frühjahr
zwischen Amalfi und Sorrent
zwischen Pinien und Oliven
vom Wechseltakt ländlicher Melodien
und von diesem Verzücken verschaukelt lebenslang
zu zehren –
das wäre mir wahrhaft Gottesdienst genug.
Was flössen da die Psalmen aus meiner Feder
da könnt ich nicht mehr aufhören
mit Hosianna-Brüllen
so gläubig, so innig
daß die Sonne selbst
einen Augenblick lang
schmelzen müßte
und als Lava die Erde verschlänge.

Als wir beim Falkner waren
stand mein Vater neben mir
vielleicht dichter als jemals zuvor.

Wäre er nicht mein Vater
hätte ich mich geärgert über jemanden
der noch so unbefangen staunen kann.
Mein Neid hätte sich
was zurechtgelegt gegen ihn.

Alles erfüllte meinen Vater mit Freude
und für nichts war er zu weise.

Während ich einen Gaukleradler streichelte
stand mein Vater etwas verloren
zwischen all diesen Vögeln
mit den großen Krallen und den kantigen Schnäbeln
und ich hatte ihn unsagbar lieb.

Nie zusammen im Puff gewesen
keine einzige Sauferei miteinander
achtunddreißig Jahre nur im Geist verbunden
aber jetzt
als wir beim Falkner waren
schlossen sich unsere Herzen
als wäre eine Irrfahrt
zu Ende.

Liebesdank

Jetzt möchte ich dir endlich einmal danken
daß du mich schon so lang ertragen hast
meine Zerrissenheiten und mein Schwanken
und den Ballast

den ich so einfach auf dich wälzte, um befreit
mein Menschsein männlich zu vollenden.
Wie oft lag diese Heldenhaftigkeit
in deinen lieben Händen!

Oft fände ich mich in dir gerne wieder
doch immer wieder finde ich nur dich
so atmest du in jedem meiner Lieder
so lieb ich dich.

Vielleicht stand es in den berühmten Sternen
daß ich dich traf. Doch das stand nicht darin:
Ich habe noch so viel von dir zu lernen
bis ich dir nahe bin.

Du hast geweint, wenn ich mich selbst beweinte
du warst bei mir, wenn ich mich nicht mehr fand
du warst es, die das Ungereimte
in mir so oft zu einem Vers verband.

Oft fände ich mich in dir gerne wieder
doch immer wieder finde ich nur dich
so atmest du in jedem meiner Lieder
so lieb ich dich.

Immer ist Ort und Stunde.
Immer bist du gemeint.
Und es ist jede Wunde
einmal zu Ende geweint.

So viele Schritte gegangen
egal wohin sie geführt.
Hauptsache angefangen
ab und zu Leben gespürt.

Immer ist wieder und weiter
Immer – das bist du.
Die Tore öffnen, und heiter
schreitet der Tag auf dich zu.

Ach es regnet und es lassen
sich die Tropfen soviel Zeit
so als könnten sie's nicht fassen
daß sie in der Nüchternheit

eines kurzen Spritzers endlich
und ganz glanzlos sterblich würden
und so durch und durch verständlich —
ein Finale ohne Hürden

Und was ging dem nicht voraus:
Stürme und Zusammenballung
und noch immer gehts nicht raus
warten in der Wolkenstallung

Manchen hälts nicht mehr. Er muß
und zerspritzt noch auf der Stelle
schwingt sich nicht als Regenguß
rauschend ins vermeintlich Helle

Mancher mengt sich einer Quelle
stolz und selbstverständlich bei
tritt nicht lange auf der Stelle
gibt sich hin und fließt sich frei

Andre freilich müssens dulden
zu verdorrn im öden Land
so als müßten sie entschulden
was der Schöpfer schlecht erfand

Schmerzvoll lebendig

ab 1991

STÜRMISCHE ZEITEN, MEIN SCHATZ, Hochzeit der Falken
und um die Insel unserer Liebe giftet ein Sturm.
Lieder und Verse sind am Verkalken.
Die Hunde winseln. Seher fallen vom Turm.

Die Minister scharwenzeln verschleimt um die möglichen Sieger
die Bürger fordern Ordnung und Zucht.
Denn schuld sind wie immer die andern. Die Überflieger
ergreifen auf ihren Mantras schwebend die Flucht.

Unruhige Zeiten mein Schatz, wo doch alles so klar war
vierzig Jahre geregeltes Sein
wo nach Außen fast jeder Fürst oder Zar war
und jetzt bricht dieses Weltbildgebäude so kläglich ein.

Ach, wer auf Häuser baut, den schreckt jedes Beben.
Wer sich den Banken verschreibt, den versklavt ihre Macht.
Wer seinem Staat vertraut, der muß damit leben
daß was heute noch Recht ist, oft Unrecht wird über Nacht.

Aber dennoch nicht verzagen
überstehn
Leben ist Brückenschlagen
über Ströme, die vergehn.

Stürmische Zeiten, mein Schatz, doch oft tragen die Stürme
Botschaften fernerer Himmel in unsere Welt
und es ist immer der Hochmut der prächtigsten Türme
der allem voran in Staub und Asche zerfällt.

Es scheint fast, als drehte die Erde sich ein wenig schneller
die Starrköpfigsten schielen wieder mal auf den Thron.
Jetzt rächen sich wohl die zu lange zu vollen Teller
und manchem bleibt nur noch der Schlaf und die Träume
des Mohn.

Unruhige Zeiten, mein Schatz, gut daß fast immer
unsere Liebe in wilder Bewegung war
mal ein Palast, oft nur ein schäbiges Zimmer
schmerzvoll lebendig doch immer wunderbar.

Und dennoch nicht verzagen
überstehn
Leben ist Brückenschlagen
über Ströme, die vergehn.

Mit Dank an Gottfried Benn für die Leihgabe

Ich liebe dich nicht mehr so wild
nicht mehr so ungestüm wie seinerzeit.
Doch unbemerkt verrann mir Bild um Bild
in das ich bannte dich und deine Eigenheit.

Ich liebe dich, so wie man Blumen liebt
die unbemerkt am Wegrand blühen
wie einen Regenschauer, der uns Atem gibt
nach eines schwülen Sommertages Mühen.

Ich liebe dich schon fast wie einen Gott,
der unerkannt in meinen Tiefen wohnt
dem man sich hingibt, trotzend allem Spott,
der niemals straft, der niemanden belohnt

mit dem man eins ist auf verschiedne Weise
wie man mit Flüssen eins ist an bestimmten Tagen
die einen streckenweise auf der Reise
nach Hause durch die Jahre tragen.

Auf einmal scheinen mir viele Gesichter
der Menschen so, wie ich sie niemals sah.
So manche dunkle Züge werden lichter
und andere wiederum, die früher nah

Vertraute waren, verlieren ihr Gesicht
und sind dahinter ungeformt.
Verfehltes Nichts, aus dem nichts spricht,
das sich nach jedem Gegenüber normt.

Und andre wiederum, die ich kaum angesehen
obwohl sie schon so lange an mich glauben
werden verwandt und kommen ins Geschehen
und haben plötzlich Wut und Stolz in ihren Augen

und werden schön, lebendiger und dichter.
Wie kann dein Blick dir doch die Welt verdrehn.
Ich wünschte mir, mein Lieben ließ mich die Gesichter
der Menschen nur in diesem Zauber sehn.

Und manche müssen unbesehen
und immer wieder unerhört
und groß in ihrem Schicksal stehen
das so vereinsamt, daß es nicht mal stört

das einen leiden läßt auf stille Weise
manche von Kindesbeinen an
und eben diese Menschen stehen leise
und immer in der letzten Reihe an

so als entschuldigten sie sich für ihre Not
nur um die Glücklichen nicht zu verwirrn
und teilen Liebe, Schmerz und Brot
und lassen sich vor allem nicht beirren

daß man den aufgetragnen Weg beschreitet
und wissen auch im Leid zu strahlen,
weil sie allein, doch niemals unbegleitet
der Gottheit näher sind in ihren Qualen.

Und wenn sie sterben, gehen sie ganz leise
wie einer, der kurz mal nach draußen geht
als wär's fast unverschämt, daß ihre Reise
nun endlich unter einem neuen Zeichen steht.

Wo ist sie hin, die schwere, süße Tiefe
des ersten Rausches, wo die Euphorie?
Wenn sie mir einmal noch in die Umarmung liefe
das Blut versengend, meine Phantasie

wieder zum Fliegen zwingen würde
für Augenblicke von der Zeit befreit
und selbst wenn man in diesen Augenblicken stürbe:
es wär' das Tor entdeckt zur Ewigkeit.

Wenn sich der Rausch nur endlos steigern ließe
von Körperenge nicht so streng bewacht
doch scheinbar sind für uns die Paradiese
nur kurzes Wetterleuchten einer langen Nacht.

Dort aus den wohlgepflegten Parks sinken die Schatten
der Götter, die sich gern vergnügen,
an ganz bestimmten Sommertagen, fast schon matten,
dem Herbst geweihten, die so gerne lügen

als große schwarze Hände auf Fassaden
vornehmlich alter Villen, halten sich bereit
um dann wie wild gewordene Kaskaden
die Stadt zu fluten mit der Dunkelheit

die viele ängstlich Wolken suchen läßt
wo schon seit Tagen keine Wolke war.
So wandelt sich auf einmal zur Gefahr
was nichts als Abglanz ist von einem Fest

und einem Park und einer weiten Wiese.
Vermummte Wahrheit und aus einem Traum
der sich bestimmt nicht träumen ließe
wär' er nicht Wirklichkeit im Welteninnenraum.

Nur einmal noch im Rausch dorthin entrücken
noch einmal sehen, was nicht sichtbar ist –
wie lange hab' ich doch dieses Entzücken
dies' kurze Aufgehobensein vermißt.

Auf daß sich all die kargen Jahre zur Lawine ballen
die mich der Welt entreißt, die wir verstehen.
Denn das Gedeutete will mir nicht mehr gefallen
hab' ich doch einen Herzschlag lang das Nichts gesehen,

den Urgrund allen Werdens, jeder Gärung
woraus du dir die Schöpfung formen kannst
und deinen Himmel dir, die Gottheit und auch die
Verklärung
mit der du Rausch und Nacht und Lieb und Leben bannst.

Schlaf ein, mein Kind, und sei nicht bang
und träum von stolzen Pferden
sie kennen schon den Übergang
und jagen mit Dir den Himmel entlang
die weißen Sternenherden.

Schlaf ein, mein Kind, und fürchte nicht
Gespenster und Dämonen
sie haben selber kein Gesicht
und scheuen Deines Herzens Licht
sie müssen Dich verschonen.

Schlaf ein, mein Kind, die Welt wird kahl
sie trägt schon Wintersachen
da hilft kein Mantel und kein Schal
es rettet sie aus ihrer Qual
nur noch Dein liebes Lachen.

Schlaf ein, mein Kind, weih Deinen Mund
nur jenen Melodien
die einen schweben lassen und
Dich auch noch aus der Hölle Schlund
bis in den Himmel ziehen.

JETZT, DA DU Abschied bist, nicht mehr Beginn
verzehr ich mich nach Dir wie nie zuvor
entdeckt sich unsrer Liebe wahrer Sinn
und daß ich, was ich nie besaß, verlor
jetzt da Du Abschied bist, nicht mehr Beginn.

Daß immer erst ein Schrecken uns besinnt
und erst beim Abschiednehmen Tränen fließen
und daß die Zeit so unser Leben weiterspinnt
daß man nicht halten kann und kaum genießen
was flüchtig Wunder war und stets entrinnt.

Daß man die Liebe stets aufs neue lernen muß
und immer nach dem Auseinandergehen
alles so klein wird, was Verrat war und Verdruß
und alles groß, was aus Verzauberung geschehen
daß man die Liebe stets aufs neue lernen muß.

Erst seit Du Abschied bist, nicht mehr Beginn
erahne ich, wie Du mich immer fingst
wenn ich verlor, was mich bestimmt, und wer ich bin.
Dich lieben lernte ich erst, als Du gingst
erst seit Du Abschied bist, nicht mehr Beginn.

Wenn du fort bist, scheinen mir die Tage
etwas schwerer und vor allem nicht so breit.
Legte man die Stunden auf die Waage
wögen sie ein Stück der Ewigkeit.

Wenn du fort bist klingen Harmonien
immer etwas nach fis-Moll
und der Himmel pflegt sich stets zu überziehen
und was Spiel ist wird gedankenvoll

Wenn du fort bist kommen mir die Leute
noch verbiesterter und unbeseelter vor.
Jeder sucht zu spät sein eigenes Heute
zwischen Kegelclub und Kinderchor.

Und mir fehlt nun mal dein wundervolles Lachen
das die ganze Welt zum Spielplatz macht
unser Feldzug gegen Windmühlen und Drachen
und das Abenteuer jeder Liebesnacht.

Eigentlich will es mir gar nicht passen
denn bis jetzt war ich stets stolz allein
doch von dir kann ich nun mal nicht lassen
und was solls – du solltest bei mir sein

Wenn du fort bist werden Frühlingslieder
über Nacht zu einem langen Herbstgedicht
und es heißt, da draußen blüht der Flieder
doch ich weiß, er blüht nicht ohne dich.

Wenn du fort bist, gut, ich geb es zu
werd ich schon mal kitschig und banal
und ein wahres Lieben wird im Nu
eigensinnig und sentimental.

Aber du bist fort, was soll ich tun
Soll ich wohlig, lässig weiterleben
Schwingtüren schwingen lassen im Saloon?
Schöner wärs mit Dir zu schweben.

Eigentlich will ich das gar nicht wissen
denn ich bin mir selber Manns genug
aber ich beginn dich schrecklich zu vermissen
wenn du fort bist bin ich auf Entzug.

Wenn du fort bist ist nun mal das Leben
nicht von deinem Zauber koloriert
und auch du würdest jetzt alles geben
was dich fort vom Fortsein zu mir führt.

Zeit der Verwandlung, Zeit zu vergehen
halte die Stunden fest.
Um aus der Asche neu aufzuerstehen
bleibe kein dunkeler Rest.

Erst aus der Wandlung wird sich verklären
was sich dem Tode geweiht
all die verzehrenden Stunden wären
sonst sinnlos vergeudete Zeit.

Abschied von Tränen und Heldentaten
Abschied von ich und wir
Lockre die Erde, halte den Spaten bereit
und versöhn dich mit dir.

DU LIEBST und die Naturgewalten
werfen dir ihre Zügel hin.
Die Zeit wird für dich angehalten
und alles blüht in neuem Eigensinn.

Die Welt beschließt sich wieder neu zu träumen
und jeder Monat reimt sich nun auf Mai.
Es fallen Federbetten aus den Nadelbäumen
und aus dem Einerlei erwachen zwei.

Die Winde wiehern voll Vergnügen
weil ihnen du die Peitsche gibst.
Trink nur die Welt in vollen Zügen:
Sie muß einst enden, doch du liebst.

Du liegst so voller Sehnsucht und Vertrauen
in deinen Arm geschmiegt. Ich atme kaum.
Es tut schon gut dich einfach anzuschauen
um kurz nur eins zu sein mit deinem Traum.

Du schläfst. Man muß dich nicht bewachen.
Wer so sich schenkt ist immer gut bewacht.
Du schaffst es selbst im Schlaf mich anzulachen
als gäbs nur uns und keine Niedertracht.

Jetzt weiß ich erst, daß ich mir all die Jahre
verboten hatte was so glücklich macht
und es entdeckte sich das Wunderbare
nur kurz als Sternenflimmern in der Nacht.

Das Possenspiel um Abschied, Zwist und Paarung
raubt manchem oft die Lust am Neubeginn.
Was für ein Glück nur, daß ich aus Erfahrung
vielleicht erfahren doch nie klug geworden bin.

Du schläfst, jetzt kann ich dirs ja sagen:
ich bin im Lieben gar nicht so versiert.
Geliebt zu werden hab ich gern ertragen.
Statt mich zu führen aber hab ich meist verführt.

Bist du bereit? Wolln wir uns fallen lassen?
Befrein von jeglicher Verlegenheit?
Anstatt uns dem Berechenbaren anzupassen
erlieben wir uns jetzt die Ewigkeit.

Für meinen Vater

Niemals Applaus. Kein Baden in der Menge.
Und Lob, das nur vom kleinsten Kreise kam.
Und das bei einer Stimme, die die Enge
des Raumes sprengte, uns den Atem nahm.

Dein »Nessun' dorma« war von einer Reinheit,
die nur den Allergrößten so gelang.
Du blühtest nur für uns. Der Allgemeinheit
entzog das Schicksal dich ein Leben lang.

Und trotzdem nie verbittert, keine Klage
du sagtest einfach, deine Sterne stehn nicht gut
doch gaben dir dieselben Sterne ohne Frage
die Kraft zur Weisheit und unendlich Mut.

Mir flog das zu, was dir verwehrt geblieben
du hattest Größe und ich hatte Glück.
Du hast gemalt, gesungen, hast ein Buch geschrieben
und zogst dich in dich selbst zurück.

Du hast die Liebe zur Musik in mir geweckt
und ohne dich wär ich unendlich arm geblieben.
Du bliebst verkannt und hast dich still entdeckt
ich war umjubelt und ich hab mich aufgerieben.

Das was ich heute andern geben kann
wäre nicht denkbar ohne dich.
Es war dein unbeachteter Gesang
der in mir klingt und nie mehr von mir wich.

Und meistens sagt man erst zum Schluß
was man verdeckt in tausend Varianten schrieb:
wenn ich an meinen Vater denken muß
dann denk ich stets: ach Gott, hab ich ihn lieb.

Mutter

Oft schnürte mit die Strenge deiner Liebe
wie eine Last den Hals. Die Tür fiel zu.
Mir war so bang, daß mir für mich nichts bliebe
vielleicht stiehlt uns das heute noch die Ruh.

Es tat dir weh, wie ich dich oft verbannte
um jeden buhlte und dich übersah
den Süchtigen versucht das Unbekannte
du warst so selbstverständlich einfach da.

Du warst die Mutter. Die war mein Gewissen.
Was dich bewegte sah ich lange nicht.
Wie einstmals Gott hab ich dich töten müssen
jetzt könnt ihr auferstehen im Gedicht.

Es war doch immer nur die eigne Enge
die mich so oft nicht weiter werden ließ.
Nur so verstummen Verse und Gesänge
so schwindet der Geschmack vom Paradies.

Du bist dein Eigen. Und nur du
Kannst mit kaputtem Rücken gehn.
Die Lügner sehen unbeholfen zu
die können nicht mal grade stehn.

Da hast du dich schon lang befreit
wo andre nach Befreiung schrein
die huren mit dem Geist der Zeit
du wirst du selbst für immer sein.

Du warst da groß wo andre meist versagen
und hast dich nie verkauft für schnöden Lohn
und solltest du mich wieder schwer ertragen
vergiß nur nicht: ich bin dein Sohn

Daß ich nicht fiel, verdank ich dir
mein Dichten fällt auf dich zurück
du lobst, verzweifelst auch in mir
du leihst mir den geraden Blick

Und nun so sich die Wunde schließt
die du mir warst, die ich dir schlug
jetzt wo du vieles leichter siehst
was sich so schwer mit dir vertrug

bitt ich daß dich, nein daß uns beide
dein Engel einst nach Hause führt
und daß Erinnerung, die leide
nun als Vergessen an dich rührt.

Zwischenberichte

alles Geschriebene ist höchstens ein
Zwischenbericht
nichts Endgültiges
nichts Niegesagtes
nichts, was bleibt
Flüchtigkeitsformeln
Besitzansprüche ungeklärt
manchmal Zeichen setzend
verwischte Wegweiser
Begleiterscheinungen
Hinweise auf Größeres
schwer auszusprechen
Bruchstücke einer großen Konfession
abwartendzwischendrin

Ich und Goethe

Manchmal wär ich gerne weise
möchte mild, vor allem leise
über Idioten lächeln
nicht mehr hinter Mädchen hecheln.

Auf der Parkbank ab und an
ein Gespräch von Mann zu Mann
oder mit den Göttern scherzen
all die großen, kleinen Schmerzen.

Aus dem Körper meditieren
Jugendliche faszinieren
und selbst diese Eitelkeiten
lässig schwebend überschreiten.

Lächelnd mit dem Sensenmann
Sechsundsechzig spieln und dann
ungeniert das Spiel verlieren
und verklärt ins Grab stolzieren.

Leider lehrt uns die Geschichte
daß entsprechende Berichte
zwar galant die Nachwelt schmücken
doch die Wahrheit unterdrücken.

Denkt nur an den großen Meister
Goethe, Johann Wolfgang heißt er
der begann in hohem Alter
hinter Mädchen, wie ein Falter
in den letzten Sommertagen
greisengierig herzujagen.

Werd mich also weder weise
noch behutsam oder leise
eher jammernd, tobend, kreischend
und vor Angst ins Bettuch scheißend
weigern, zitternd um mein Leben
meinen Löffel abzugeben.

Und man kann es kindisch nennen
hinter Röcken herzurennen
wenn dir schon der Zahn der Zeit
jegliche Standhaftigkeit
sportlich oder überhaupt
eigentlich nicht mehr erlaubt
und ich will auch, ganz bescheiden
jede Anmaßung vermeiden
doch ich fürchte, diese Nöte
teile ich dereinst mit Goethe.

Von der Schwäche

Wenn du, Freund, in satten Stunden
manchmal stille Einkehr spürst
meist zu kurz um Herrenrunden
zu verstören und du rührst

lieber an bekannte Witze
(Wer dies schreibt kennt das so gut)
dann, ich rate dir, stibitze
diesen Herrn den hohen Mut.

Laß sie ruhig etwas darben
zwinge sie nur in die Ruh.
Besser zeigst du dich mit Narben
um so besser bleibst du Du.

Nie mehr will ich mutig scheinen
oder voll von Energie
wenn's in mir beginnt zu weinen
und es nagt die Elegie

schon an meinen Spaßtiraden.
Ach ich hab das Starksein satt.
Der gereicht der Welt zum Schaden
der nicht auch der Schwäche hat.

Liebeslied
(für Annik)

Was soll ich, mein Lieb, berichten
du allerschönste Frau?
Wie sich meine Tränen schichten,
daß die Nachmittage blau?

Daß der Hauch nur des Gedankens
dich zu kosen Höllenqual,
daß ich voll des bangen Schwankens
leblos bin und doch vital?

Daß mich jede Nacht dein Weinen
tröstet und zugleich zerfrißt,
daß mit dir mich zu vereinen
Sucht und Wahn und Schicksal ist?

Was kann ich, mein Lieb, dir schreiben
wo man uns vom Leben trennt,
daß wir treu uns immer bleiben –
ja, ich mal's ans Firmament:

Du bist meiner Seele Sehnen
Liebe – gib mich nie mehr frei
und, ach, unser beider Tränen
reiße niemand mehr entzwei.

Eine Angelegenheit der Endorphine
Irritationen im limbischen System
das menschliche Hirn, sagen sie,
will sich nun mal nicht mit dem Sterben abfinden

mystische Verzückung
Erleuchtung
die Gnade Gottes
nur eine Hirnlappenepilepsie

Meister Ekkehard
ein Meister der Selbsttäuschung
nach dem Tod wird's schwarz
sonst nichts

Denen wird es wohl schwarz werden
denk ich mir
ich will mir weiterhin
meinen Himmel erschaffen

Ach es regnet und es lassen
sich die Tropfen soviel Zeit
so als könnten sie's nicht fassen
daß sie in der Nüchternheit

eines kurzen Spritzers endlich
und ganz glanzlos sterblich würden
und so durch und durch verständlich –
ein Finale ohne Hürden

und was ging dem nicht voraus:
Stürme und Zusammenballung
und noch immer gehts nicht raus
wartend in der Wolkenstallung

Manchen hälts nicht mehr, er muß
und zerspritzt noch auf der Stelle
schwingt sich nicht als Regenguß
rauschend ins vermeintlich Helle

mancher mengt sich einer Quelle
stolz und selbstverständlich bei
tritt nicht lange auf der Stelle
gibt sich hin und fließt sich frei

andre freilich müssens dulden
zu verdorrn im öden Land
so als müßten sie entschulden
was der Schöpfer schlecht erfand

Jeden treibts nach seinem Wesen
lustvoll in den Untergang
Tropfen bin ich schon gewesen
Enden will ich als Gesang.

Entzündet vom Weltenbrand
ins Ich gepflanzt
ewig in Rhythmen gebannt
aus Klängen gestanzt

tauchst in die Fluten du ein
bis alles erlischt.
Würdest gern Brandung sein
endest als Gischt.

Dem Ganzen entzweit, doch ganz
auf dich gestellt
bleibt nur dein brüchiger Tanz
auf den Wogen der Welt.

Und dieser Taumel, der Trott
der so verzehrt
nur weil sich irgendein Gott
durch dich erfährt?

Trotzdem: was hält dich im Spiel
welcher Verdacht
leiht dir noch Licht und Ziel
in deiner Nacht?

Welches geheime Wort
äonenfern
schwingt sich im Geiste fort
durch Stunde und Stern?

Weshalb auch mancher Moment
liebeverwebt
der dir auf einmal bekennt
warum es dich lebt?

Und so lugst du am Bug
fährst nie im Hafen ein
als wäre es Gnade genug
Segel im Winde zu sein.

Ach so schwankend hin und her
jeden Strohhalm greifend
um so älter um so mehr
durch die Geistwelt streifend

transzendierst dich, unentgeltlich,
sehnst dich ins gelobte Land
und dann trifft dich, äußerst weltlich,
eine Zärtlichkeit am Strand.

Und du leckst dir Meer und Sonne
von dem heiß begehrten Leib
überflutet von der Wonne
dieses Wunders Mann und Weib

wissend, es ist wirklich wichtig
daß man sich nach Geist verzehrt.
Doch das alles wird so nichtig
wenn die Stunde dich verklärt.

Auch du willst dich aufbereiten
daß, nachdem du abgebüßt,
etwas beim Hinüberschreiten
deinen Leibestod versüßt.

Auch du sehnst dich nach Theose
bis du im Nirwana tanzt.
Aber auch das Hemmungslose
hat ein Gott in dich gepflanzt.

Wissend, hinter Traum und Wachen
liegt die eigentliche Welt.
Doch auch dies – es ist das Lachen
das uns in Bewegung hält.

Gedichtanfänge und -Überschriften (in alphabetischer Abfolge)

Konstantin Wecker
Und die Seele nach außen kehren

KiWi 327

»Konstantin Wecker ist ein musikalischer Triebtäter. Er ist auch ein Schreibtäter, ein Anteilnehmer, ein Parteinehmer, ein Freund.« *Dieter Hildebrandt*

Konstantin Wecker
Sage nein!

Politische Lieder
KiWi 299
Originalausgabe

Die politischen Lieder, die Konstantin Wecker seit den siebziger Jahren geschrieben hat, sind von unverminderter Aktualität. Die Bedrohung von Rechts kann heute nicht mehr als Randerscheinung abgetan werden.
Der Band enthält Weckers gesamte politischen Lieder; die neuen entstanden in den letzten Wochen.

KiWi Paperbacks bei Kiepenheuer & Witsch

Wolf Biermann
Wie man Verse macht und Lieder

Eine Poetik in acht Gängen
Broschur

Wolf Biermanns Vorlesungen an der Heinrich-Heine-Universität: ein Blick in seine Werkstatt, ein Gang durch die Geschichte der Lyrik und der Liedermacher, Fragmente einer Autobiographie.

Charles Bukowski
Auf dem Stahlroß ins Nirwana

Gedichte
Titel der Originalausgabe:
The Last Night of the Earthpoems
Herausgegeben und übersetzt von Carl Weissner
KiWi 414

Voller Galgenhumor, knurriger Nachdenklichkeit und skurriler Vorstellungen über das Ende des Lebens sind Charles Bukowskis Gedichte wie immer ein Spiegel seiner Lebensumstände und Gefühle. Er schreibt über Hollywoodfilme und Frauengeschichten, über mehr oder weniger elende Jobs, über seine Lieblingsautoren und Kindheitserlebnisse. Und über die Liebe.

Heinrich Heine
Roter König, Grüne Sau

Frivole Gedichte
Herausgegeben von Jan-Christoph Hauschild
KiWi 405
Originalausgabe

Am 13. Dezember 1997 jährt sich der Geburtstag Heinrich Heines zum 200. Mal. Ein willkommener Anlaß, den großen Dichter von einer nur wenig bekannten und sehr zeitgemäßen Seite zu entdecken: als »ungezogenen Liebling der Grazien«, als Meister der frivolen und doch hochpoetischen Liebeslyrik.